AF500350

LE PASSÉ,

LE PRÉSENT ET L'AVENIR.

IMPRIMERIE D'ED PROUX ET Ce,
RUE NEUVE-DES-BONS-ENFANS, 3.

LE PASSÉ,

LE PRÉSENT ET L'AVENIR,

OU

PRÉDICTIONS,
VÉRIFICATIONS ET EXPLICATIONS

DE

QUELQUES PROPHÉTIES REMARQUABLES

DE MICHEL NOSTRADAMUS.

Par Francis Girault.

PARIS.

CHEZ HIVERT, QUAI DES AUGUSTINS, 55;
GAUME, FRÈRES, RUE DU POT-DE-FER SAINT-SULPICE, 5;
Et DENTU, Palais-Royal.

1839.

DEUX MOTS DE PRÉFACE.

L'accueil qu'on a bien voulu faire à nos articles publiés, il y a quelques mois dans la *Gazette de France*, sur les Prophéties de Michel Nostradamus, nous a engagé à les réunir, à les classer avec plus d'ordre et de méthode, à les étendre et à en composer une brochure. Cette brochure, la voici, et nous l'offrons au public avec espoir et conscience, surpris d'avoir trouvé dans l'étude approfondie de Michel tant de choses extraordinaires qui déroutent notre jugement. Si elle réussit, ce sera pour nous un engagement pris de nous livrer à de nouvelles recherches sur l'Astrologue célèbre du XVIe siècle, et de compléter ainsi celles que nous publions. Nous aimons à reconnaître que nous avons été guidé dans notre épineux travail par les lumières d'un avocat plein de science et de distinction, M. Bourbon-Leblanc. Nous l'en remercions sincèrement.

Paris, 10 septembre 1839.

LE PASSÉ,

LE PRÉSENT ET L'AVENIR.

I.

Machiavel a dit dans son discours sur Tite-Live : « Je ne saurais en donner la raison, mais c'est un fait attesté par l'histoire ancienne et moderne que, presque jamais, il n'est arrivé de grands malheurs dans une ville ou dans une province, qu'ils n'aient été prédits par quelque divinateur, ou annoncés par des révolutions, des prodiges et autres signes célestes. »

Tout en circonscrivant dans de certaines limites, pour ne pas choquer de front la raison si positive de notre siècle, cette remarque de l'auteur du *Livre du Prince*, nous la croyons trop vraie pour essayer de l'appuyer sur une série de preuves empruntées aux annales de tous les peuples. Catholique, notre foi nous fait un devoir d'accorder une pleine conviction à l'authenticité et à l'accomplissement des prophéties de la Bible, prophéties dont, au reste, une critique vraiment scientifique et dégagée de tous étroits préjugés, ne saurait s'empêcher de reconnaître et de proclamer la véracité. Mais en dehors des prophètes, de ces hommes immédiatement et à chaque instant inspirés par le souffle d'en haut, natures privilégiées et rares, que Dieu de loin en loin montra à la terre, qu'il marqua d'un sceau particulier, et auxquelles il imposa la mission glorieuse d'éclairer les peuples et de les guider dans les voies cachées d'un avenir qu'il révélait à leurs regards, en confirmant souvent leurs paroles et leurs actes par la sanction des miracles, d'autres hommes ont existé, sous le nom de *Voyans*, non plus environnés de l'auréole de l'apostolat, comme les premiers, non plus ayant une mission éclatante et publique à remplir et à continuer par des prodiges de toutes sortes, mais doués d'une vue intellectuelle plus profonde que celle de la foule. Ces hommes, possédant le don de l'intuition, de la seconde vue, pour employer les termes de la théosophie, sans doute ont été en fort petit nombre. La superstition, fille du merveilleux et de l'aveugle crédulité, en a considérablement grossi la liste. L'ignorance, il faut le dire, a élevé à une multitude de prétendus *voyans*, des statues imméritées, et cela même de nos jours. Les progrès de la science humaine, dans toutes ses spécialités, ont fait bonne justice des prédictions supposées de ces *voyans*, dont tout le mérite, toute l'autorité reposaient sur les ténèbres des peuples dont ils furent les contemporains, et aussi, le plus souvent, sur l'adresse et la mauvaise foi des partis politiques, qui, pour amener le triomphe de leur cause, les jetèrent en avant, les affublèrent tant bien que mal du prophétique manteau, et en firent les serviles instrumens de leurs secrètes ambitions.

L'astrologie judiciaire, la nécromancie, la chiromancie, l'alchimie et la cabale, sciences jadis réputées vraies, et qui plaçaient leurs adeptes sur le piédestal de la célébrité, sont aujourd'hui, et à bon droit, regardées comme de grandes déceptions de l'esprit humain, malgré les hautes intelligences qui y crurent et s'inclinèrent devant leurs décrets. La critique moderne, à force d'expériences nouvelles et de patientes investigations dans l'histoire du passé, a donc fait tomber, dans le domaine des rêves et traité de jongleries plus ou moins habiles, toutes ces sciences si en honneur chez nos pères, et l'arme de la logique à la main, arme formidable qui renverse tout ce qui lui résiste, elle a mutilé ou anéanti la réputation de tous ces *voyans* des siècles qui nous ont précédés. Tout en nous laissant éclairer par les lumineuses données de la critique, nous croyons cependant que sa raison inflexible et raide, en poursuivant à outrance et avec acharnement, en accusant de mensonge et de duplicité tout ce qu'elle n'atteint pas directement, arrive à un excès grave et à un scepticisme brutal.

La science, en effet, quelque expérimentale et positive qu'elle soit, n'explique pas tout l'homme, double individualité, dont elle saisit assez bien aujourd'hui le côté matériel et visible; dont elle peut, ou à peu près, dévoiler les mystères organiques, mais dont elle ne saurait complètement embrasser l'étendue des facultés morales et intellectuelles. Les facultés de l'âme humaine resteront toujours pour elle un nœud gordien que l'épée de la logique ne tranchera pas. Nous voudrions donc que la critique scientifique de nos jours dessinât nettement et avec bonne foi les limites de sa compétence; que là où elle n'aperçoit que des effets, sans en comprendre le principe, elle avouât avec simplicité son insuffisance, au lieu de déverser le ridicule et l'ironie sur tout ce qui est en dehors de sa sphère d'activité; elle ne serait pas ainsi chaque jour accusée d'erreur et d'impuissance, et exposée à des démentis formels de l'histoire et de la tradition, en voulant remplacer la base de la certitude universelle par l'examen sans autorité de *l'individualisme*, voie fausse quand elle est exclusive. Ce que nous avançons ici en thèse générale contre la critique contemporaine, nous allons essayer de le soutenir partiellement dans cette brochure, preuves probantes à la main, en esquissant rapidement la vie et étudiant les œuvres intellectuelles d'un homme qui nous paraît au moins extraordinaire; nous voulons parler de Michel de Nostre-Dame, plus vulgairement connu sous le nom de Nostradamus.

Nous savons fort bien que les prédictions de cet homme, après avoir obtenu une vogue immense, ont fait sourire de pitié les esprits forts du dernier siècle; que l'*Encyclopédie* de Diderot l'a cloué au pilori du ridicule, en lui prodiguant les épithètes de maniaque et de charlatan. Nous savons encore que les biographies de notre époque, se copiant à peu près toutes les unes les autres, après avoir puisé leurs matériaux dans le travail fait de la grande *Encyclopédie*, jettent d'un commun accord la dérision et le sarcasme sur l'auteur des *Centuries*, au point que la mémoire de Nostradamus, ainsi déshonorée et étouffée sous des préventions hostiles ou ignorantes, n'a plus guères de faveur que dans les recueils populaires, où l'on cite ses prédictions défigurées et souvent non authentiques, à côté de celles de l'almanach de Liége de Mathieu Lænsberg. Nous ne nous défendons pas nous-mêmes d'avoir partagé quelque temps ces préventions, produites par la lecture des critiques dont nous venons de parler. Mais des circonstances fortuites nous ayant fait tomber entre les mains les *Centuries* de Nostradamus de 1568, leur lecture attentive nous frappa tellement, ainsi que les nombreuses annotations des commentateurs du célèbre astrologue du XVIe siècle, que nous résolûmes de nous livrer, après eux, à ce travail de critique et d'analyse, en éclaircissant le texte par le texte, en combinant les passages et les mettant en présence les uns des autres pour en déduire le vrai sens.

Les nombreux contradicteurs étant en droit de nous demander si notre intention est ici de réhabiliter Nostradamus, comme *voyant*, en énumérant quelques unes de ses prédictions qui, selon nous, se sont incontestablement accomplies, ainsi qu'on va le voir, qu'on nous permette de décliner toute explication dans laquelle notre esprit se perdrait sans résultat. Nous laissons la question à l'état de problême, sans chercher à la résoudre. Nous citerons seulement des faits, et nous ferons un appel aux incrédules et aux raisonneurs pour qu'ils les réfutent, en les priant de nous faire l'honneur de croire que nous n'ajoutons aucune foi aux sciences occultes.

II.

Michel Nostradamus, autrement Notre-Dame, naquit le 14 décembre 1503, à Saint-Remy, petite ville de Provence. Sa famille était juive. Son bisaïeul maternel s'étant distingué dans la médecine, le jeune Michel, doué des plus heureuses facultés, développées par une excellente éducation, s'adonna à l'étude de cet art dans lequel il ne tarda pas à se faire un nom. Lorsque la peste ravagea Aix et Lyon, les habitans de ces deux villes l'appelèrent unanimement à leur secours, et les succès qu'il obtint contre le fléau ne firent qu'accroître une réputation déjà acquise; mais les persécutions d'ennemis envieux de son mérite le décidèrent à renoncer à la carrière médicale, qu'il illustra non seulement par des actes, mais par des traités spéciaux que nous possédons; il se cloîtra alors dans une solitude complète, où il s'adonna tout entier à la science astrologique, avec un calme parfait de corps et d'esprit, comme il le dit lui-même dans le premier quatrain de sa première *Centurie :*

Etant assis, de nuict secret estude,
Seul reposé sur la selle d'airain,
Flambe exigue sortant de solitude
Fait prospérer qui n'est à croire vain.

En 1556, il devint médecin d'Henri II, et il l'était de Charles IX en 1564. Il mourut le 2 juillet 1566, d'une goutte remontée, et on l'enterra dans l'église de Salon-de-Craux, où on lisait sur son tombeau l'épitaphe suivante :

D. O. M.

Ossa clarissimi Michaelis Nostradami unius omnium mortalium judicio digni, cujus penè divino calamo totius orbis ex astrorum influxu futuri eventus conscriberentur. Vixit annos 62, menses 6, dies 17. Obiit Salonæ, MDLXVI, die 2 julii.

Anna Pontia Gemella conjugi optimo. V. P.

A la fin de 1566, Nostradamus, mort le 2 juillet de la

même année, écrivit de sa main aux éphémérides de Stadius : *hîc prope mors est.* Du reste, il pronostiqua sa mort d'une manière très exacte en ces termes :

De retour d'ambassade, don de Roi, mis au lieu :
Plus n'en fera, sera allé à Dieu.
Parens plus proches, amis, frères de sang,
Trouvé tout mort près du lit ou du banc.

Il est facile de saisir le sens de ce dernier de ses présages.

De retour d'ambassade, c'est-à-dire à son retour du voyage qu'il fit à Arles pour y voir Charles IX et sa cour. Don de Roi : Charles IX lui donna deux cents écus d'or. Mis au lieu : Rentré à Salon qu'il habitait. Plus n'en fera : Il ne prophétisera plus. Ce qui réalise sa prédiction, c'est qu'en effet on le trouva mort, assis sur un banc, près de son lit.

Boucher dit, dans son *Essai sur l'histoire de Provence*, que le peuple de Salon croit encore qu'il se fit enfermer tout vivant dans son caveau, avec une lampe, du papier, de l'encre, des plumes et des livres, et qu'il menaça de la mort quiconque aurait la hardiesse de l'ouvrir. Or, voici ce qui arriva à la fin du siècle dernier.

En 1793, un détachement de Marseillais était à Salon ; le commandant, se trouvant devant le tombeau de Nostradamus, dit à ses soldats : « Nostradamus a annoncé dans ses prédictions que celui qui toucherait à ses cendres périrait d'une façon tragique. Il faut que je sache s'il a dit vrai. Aussitôt il s'empare d'une hache et brise le cercueil. Tous les assistans prirent des cendres et les emportèrent. Le détachement quitte Salon pour se rendre à Marseille ; mais lorsqu'il est arrivé aux portes d'Aix, une insurrection éclate ; le commandant, qui avait violé le tombeau de Nostradamus, est pris et attaché à une lanterne (1).

Peu importe de savoir par quelle science occulte Nostradamus prétendait connaître l'avenir ; ce que nous devons constater ici, ce sont ses idées religieuses et morales ; c'est lui qui a écrit que

« La main du pauvre est la bourse de Dieu. »

Et encore :

« Tout est régi par la puissance divine, C'est dans le mouvement des astres que sa suprême intelligence dévoile, comme dans un livre constamment ouvert à ceux qui savent y lire, ce qu'elle a décidé, et c'est par la seule inspiration divine que les vrais prophètes indiquent l'avenir. »

« Soli numine divino afflati præsagient et spiritu prophetico particulari. »

Ce dernier passage prouverait du reste que, dans le but de découvrir les temps futurs, il s'était spécialement livré à l'étude de l'astrologie judiciaire.

Si, comme médecin célèbre, Nostradamus compta des ennemis, il en eut aussi de nombreux comme astrologue.

On attribue au poète Jodelle le distique suivant sur ses travaux astrologiques :

Nostra damus cùm falsa damus, nàm fallere nostrûm est,
Et cùm falsa damus, nil nisi nostra damus.

(1) Souvenirs prophétiques d'une Sybille, page 333, aux notes. Paris, 1814.

On répondit à ce jeu de mots, qui peint si bien le goût de l'époque, par cet autre distique :

Vera damus cùm verba damus quæ Nostradamus dat,
Nàm cùm vestra damus, nil nisi falsa damus.

Nostradamus lui-même répondit :

J'annonce vérité simplement et sans pompe,
Et mon présage vrai nullement ne me trompe.

Voici maintenant les principales éditions des prophéties de Nostradamus : 1° celle des *Centuries réunies*, imprimées à Lyon, chez Benoît Rigaud, en 1558. Ces *Centuries* ont été précédées par plusieurs fragmens imprimés à Avignon deux ans auparavant ; 2° celle de 1605, sans nom de ville ni d'imprimeur, portant qu'elle a été faite sur la copie imprimée de Benoît Rigaud, en 1558 : on la trouve sous le N° 4,622, lettre Y, à la Bibliothèque Royale ; 3° celle de Troyes, Pierre Chevillot, 1629; 4° celle de Marseille, Claude Garcin, 1648; 5° celle de Rouen, 1649, chez Caillové, Viret et Besongne; 6° celle de Leyde, 1650, déposée à la bibliothèque du Panthéon.

La bonne édition est celle de Lyon, 1568; elle se trouve à la Bibliothèque Royale, sous le N° 4,621, lettre Y.

On reconnaît les contrefaçons à ce que la septième Centurie contient quarante-quatre quatrains au lieu de quarante-deux.

Les événemens auxquels se rattachent les prophéties de Nostradamus doivent se prendre et se compter du 14 mars 1557, deux ans après la première édition de ses trois ou quatre premières Centuries; « A commençant, comme il le dit lui-même, du 14 mars 1557 (voir son *Épître à Henri II*), jusqu'en l'année 3797, et sont perpétuelles vaticinations pour d'ici à l'année 3797. » (*Épître à César*, son fils.)

Ces explications préliminaires données, ouvrons maintenant le livre des *Centuries* et vérifions.

III.

MORT DE CHARLES Ier, ROI D'ANGLETERRE.

Centurie 9, quatrain 49.

Gand et Bruxelles marcheront contre Anvers.
Sénat de Londres mettront à mort leur Roi.
Le sel et vin lui seront à l'envers (1),
Pour eux avoir le règne en désarroi.

Traduction. — « Au temps où Gand et Bruxelles marcheront contre Anvers, le parlement de Londres mettra à mort le Roi; ses ennemis le dépouilleront de sa force et l'entraîneront hors des voies de la sagesse pour bouleverser le royaume. »

A l'époque où vivait Nostradamus, et surtout à celle où parut la première édition de ses centuries (1558), aucun roi n'avait encore été condamné à mort par un corps constitué. Comment l'esprit de Nostradamus a-t-il conçu une pareille idée? Comment lui est-elle venue avec celle qui la précède? Qui lui montre Gand et Bruxelles marchant contre Anvers? Et quand on se

---

(1) Le sel est le symbole de la sagesse, le vin celui de la force.

rappelle que la condamnation à mort du roi d'Angleterre a été précédée et accompagnée, en 1649, environ un siècle plus tard, des circonstances indiquées, qu'objecter, que répondre?

AVÈNEMENT DE CROMWELL.

Centurie 8, quatrain 76.

Plus macelin que Roi en Angleterre,
Lieu obscur nay par force aura l'empire;
Lasche, sans foi, sans loi, seignera terre,
Son temps approche si tost que j'en soupire.

Traduction. — « Plus boucher que roi, un homme d'une basse extraction aura l'empire. Sans conscience, sans loi, il opprimera lâchement sa patrie tombée à ses pieds. Son temps approche, il est si près que j'en soupire. »

A ces traits caractéristiques comment ne pas reconnaître Cromwell, ce tyran farouche et à la fois timide, qui n'osait coucher deux nuits consécutives dans la même chambre, et qui fit couler des flots de sang dans l'Angleterre humiliée?

MORT D'HENRI II.

Centurie 1re, quatrain 36.

Le Lyon jeune le vieux surmontera,
En champ bellique par singulier duelle,
Dans cage d'or les yeux lui crèvera;
Deux choses une, puis mourir mort cruelle.

Traduction. — « Un seigneur anglais, plus vieux que le vaillant Henri II, dans un tournoi luttera contre ce prince et lui crèvera un œil avec le fer de sa lance, qui traversera la visière d'or du roi. Ce seigneur, après avoir réuni en un seul corps une bande de protestans et d'Anglais, mourra de mort cruelle. »

En effet, lorsque Montgommery eut tué Henri II dans un tournoi, en *champ bellique*, il alla ravager la Normandie à la tête d'une troupe de protestans et d'Anglais; mais Charles IX parvint à le saisir et le fit décapiter.

MORT DU DUC DE MONTMORENCY, SOUS LOUIS XIII.

Centurie 9, quatrain 18.

Le lys *dauffois* portera dans Nancy
Jusques en Flandres électeurs de l'empire;
Neuve obturée au grand Montmorency
Hors lieux prouvés délivrés à Clerepeine.

Traduction. — « Le lys Dauphin se rendra maître de Nancy, ira en Flandre et délivrera l'électeur de Trèves. Le grand Montmorency sera enfermé dans une prison nouvellement bâtie, et périra sous la hache du bourreau Clerepeine, dans un lieu non consacré aux exécutions. » Or, Clerepeine est le nom de l'exécuteur qui, en 1632, sous Louis XIII, trancha à Toulouse la tête du duc de Montmorency, après avoir été choisi tout exprès pour cette exécution. Le duc de Montmorency, mort en 1632, était né en 1595; c'est donc 37 ans avant sa naissance et 74 ans avant son supplice, que la prédiction réalisée a été faite, en partant seulement de la date 1558 de la première édition complète des *Centuries*.

Le lys *Dauffois*, autrement le lys Dauphin, ne peut s'entendre que de Louis XIII, qui, le premier, après une interruption de trois règnes, a porté le nom de Dauphin ou *Dauffois*, Charles IX, Henri III et Henri IV n'ayant pas été dauphins, parce qu'aucun d'eux n'a été le fils d'un roi régnant. »

Neuve obturée, du mot latin *obturare*, chose neuve, hermétiquement fermée, exprime nécessairement une maison de détention ; et comme, d'après l'histoire, le duc de Montmorency fut renfermé dans la prison de l'Hôtel-de-Ville, nouvellement bâti, il semble ici, selon l'expression de M. de Bouys, « que Nostradamus est plutôt historien que prophète. »

Hors les lieux prouvés pour approuvés ; on sait que l'exécution du duc eut lieu dans la cour de l'Hôtel-de-Ville de Toulouse, malgré l'arrêt du parlement, hors les lieux publics ordinairement adoptés.

MALADIE DE LOUIS XV A METZ.

Centurie 6, quatrain 18.

Par les phisiques le grand Roi délaissé,
Par sort non art de l'Ebrieu est envie,
Luy et son genre au règne haut poussé,
Grâce donnée à gens qui Christ ennuie.

Traduction. — « Le grand roi Louis XV, abandonné par les médecins qui ont déclaré sa maladie mortelle, revient à la santé par un coup de la Providence et sans que l'art des Juifs y soit pour rien ; lui et son peuple poussent des cris jusqu'au ciel pour la prolongation d'un règne glorieux, et le prince doit sa guérison inespérée aux ardentes prières de la France. »

Le texte de ce quatrain est tellement clair et explicite, qu'il suffit de le lire pour le comprendre. En effet, Nostradamus est ici d'une exactitude historique vraiment frappante. Tout le monde sait que Louis XV, interrompant le cours de ses conquêtes dans les Pays-Bas, allait s'opposer aux progrès du prince Charles qui avait passé le Rhin et menaçait la Lorraine et l'Alsace, lorsqu'en arrivant à Metz il fut tout à coup saisi d'une maladie qui le conduisit aux portes du tombeau; cette triste nouvelle causa en France une désolation générale. Le peuple encombra les églises et fit, pour ainsi dire, violence au ciel, qui rendit enfin, contre toutes les prévisions de la science médicale, Louis XV, *le Bien-Aimé*, à son peuple. Le roi ne rentra à Paris qu'après avoir assisté lui-même à la prise de Fribourg, et son règne fut illustré les années suivantes, 1745 et 1747, par les brillans faits d'armes du maréchal de Saxe à Fontenoy et à Laufeld.

IV.

Nous partageons en deux l'explication des prophéties les plus saillantes de Nostradamus, parce que celles qui vont suivre offrent un intérêt plus direct et plus puissant, puisqu'elles ont trait à des événemens contemporains. On y trouve l'époque fixe de la révolution française, Napoléon et ses conquêtes, les Bourbons, la Restauration, la révolution de 1830, le règne de Louis-Philippe, la guerre civile de l'Espagne, Léopold, roi de Belgique, Bernadotte, et tout cela en termes si clairs et si précis que pour tout homme de bonne foi, le doute et l'incrédulité doivent entièrement disparaître.

Outre les *Centuries* dans lesquelles Nostradamus a consigné la plupart de ses prédictions, il existe de l'astrologue illustre d'autres fragmens d'ouvrages, des lettres particulières où se trouvent clairement tracés les événemens de l'avenir. Or, voici ce qu'on lit, page 4, dans un rare et précieux livre, imprimé à Paris en 1560, avec privilége du Roi, de la cour du parlement, et intitulé : *Les Contredicts du seigneur du Pavillon*, livre composé, comme on le voit, par un gentilhomme qui vivait du temps de Nostradamus, et fait pour réfuter les prophéties de ce dernier. (Nous avons entre les mains cet ouvrage, et nous en garantissons l'authenticité.)

« Combien que, de nostre temps et à leur dire mesme, ce ne puisse advenir : car, puisqu'ils nous promettent une grande et merveilleuse conjonction environ les ans de Nostre-Seigneur, mil sept centz octante-neuf (1789), avec dix révolutions saturnales; cela est aisé à entendre que nous en serons exempts. Ils calculent aussi que vingt-cinq ans après, la quatrième et dernière station de l'altitudinaire firmament; et néanmoins font un double merveilleux si le monde pourra tant durer. »

En ajoutant 25 ans à 1789, on trouve 1814, et chose curieuse, le seigneur du Pavillon, contemporain de Nostradamus et son ardent contradicteur, est précisément celui qui, en s'efforçant de démontrer la fausseté des prédictions de Michel, nous fournit la preuve irréfragable de leur réalité aujourd'hui confirmée.

D'une autre part, voici ce qu'on lit à la huitième page de la lettre de Nostradamus à l'*invictissime, très-puissant et très-chrestien Henry, roi de France second.* (Edit. de Lyon, Benoît Rigaud, 1568.)

..... « L'année sera pacifique, sans éclipse et non du tout, et sera le commencement comprenant, si de ce que durera et commençant icelle année, sera faite plus grande persécution à l'église chrestienne, que n'a esté faicte en Afrique, et durera ceste-cy jusques à l'an mil sept cens nonante-deux (1792), que l'*on cuidera estre une rénovation de siècle.* »

Serait-il possible à un historien de nos jours de mieux désigner la révolution française, d'en mieux déterminer la période la plus sanglante, pendant laquelle les échafauds se dressèrent sur la place publique pour abattre tant de nobles têtes de prêtres et de citoyens? Et faites attention surtout à ces mots très remarquables de Nostradamus : « *Que l'on cuidera estre une rénovation de siècle,* » c'est-à-dire une ère nouvelle, un nouveau point de départ pour compter les années; mais le prophète ne dit pas *qui sera* une rénovation de siècle, mais bien que l'on *cuidera estre*, que l'on *pensera* être. Cette prédiction vraiment extraordinaire n'a-t-elle pas reçu un parfait acomplissement, et nos révolutionnaires modernes ne regardent-ils pas l'époque dont il s'agit, comme le commencement d'un monde nouveau ; et ne l'appellent-ils pas fastueusement l'ère des droits de l'homme et de la liberté?

SYSTÈME DE LAW ET RÉVOLUTION FRANÇAISE.

Centurie 1re, quatrain 53.

Lorsqu'on verra grand peuple tourmenté
Et la loy saincte en totale ruine,
Par aultres loix toute la chrestienté
Quand d'or, d'argent trouve nouvelle mine.

Des vers aussi lucides n'ont besoin ni de traduction, ni d'explication.

RÉVOLUTION FRANÇAISE.

Centurie 3, quatrain 59.

Barbare empire par le tiers usurpé,
La plus part de son *sang* mettre à mort.
Par mort *sénile*, par lui, le quart frappé
Par peur que sang par le sang (1) ne soit mort.

Traduction. — « Le tiers-état se rend maître de l'empire; parmi les victimes qu'il dévoue au supplice, le plus grand nombre qui fait partie de lui-même, et le quart qu'il réserve à la mort naturelle, semblera être épargné seulement de peur que la famille ne détruise pas la famille; autrement que la totalité de la population ne disparaisse.

PROJET DE FUITE VERS MONTMÉDI.

Centurie 9, quatrain 92.

Le Roi voudra *en cité neuve* entrer,
Par ennemis expugner l'on viendra.

---

(1) Le mot sang correspond ici au mot famille.

Captif libère, faulx dire et perpétrer,
Roy dehors estre, loin d'ennemis tiendra.

Traduction. — « Le Roi voudra se retirer dans une nouvelle ville ; les ennemis viendront pour l'y combattre. Il est faux de dire et de conclure de ce que le Roi est dehors que la captivité ait cessé, et qu'il tiendra loin de ses ennemis. » La nouvelle cité française dont il s'agit ici est Montmédi, dont la France s'empara en 1567, et qui fut définitivement cédée par le traité des Pyrénées.

VOYAGE DE LOUIS XVI A VARENNES.

Centurie 9, quatrain 20.

De nuict viendra par la forêt de Reines (1),
Deux parts, Voltorte (2), Herne (3), la pierre blanche,
Le moine noir (4) en gris, dedans Varennes,
Eslu cap, cause tempeste, feu, sang, tranche.

Traduction. — « De nuit, le mari et la femme viendront par la forêt de Reines ; le chemin est coupé en deux, la belle Reine est vêtue de blanc, le Roi qui a la dévotion d'un moine vêtu de gris, entreront dans Va-

---

(1) Forêt par où passe le chemin qui conduit à Varennes et que prit Louis XVI.

(2) *Voltorte.* Tourné en deux. Or, tel est le chemin par Sainte-Menehould et Varennes pour se rendre à Montmédi, puisque la poste s'arrête à Varennes, et que le véritable chemin de Montmédi est celui qui passe par Châlons et Clermont en Argonne. Comme pour aller de Varennes à Dun et à Stenay il n'y avait plus de poste, M. de Choiseul fut obligé d'y faire trouver des chevaux. (Rapport de M. de Bouillé.)

(3) *Herne.* En changeant l'*h* en *i*, Herne est l'anagramme du mot Reine.

(4) En supprimant l'*n*, *noir* est l'anagramme de Roi.

rennes. Ce Roi déclaré chef, l'incendie, les agitations, le meurtre et le pouvoir du glaive s'ensuivront. »

Si le quatrain que nous venons de citer renferme une certaine obscurité, qu'on nous permette de justifier notre traduction, par la citation tirée d'un auteur de talent et de conscience :

« On dira sans doute qu'en lisant *Reine* dans *herne* et *Roi* dans *noir*, on verra dans Nostradamus tout ce qu'on voudra ; on aurait raison de le dire, si l'on supprimait, si l'on ajoutait, si l'on changeait plus d'une lettre dans un mot. Mais que l'on fasse bien attention que lorsque l'on ne trouverait pas *Reine* dans *herne* et *Roi* dans *noir*, quand il n'y aurait même que deux étoiles à la place de chaque mot, le sens indique azsez que ce ne peut-être que le Roi de France qui *était en gris*, et la Reine qui *était en blanc*. Cette pierre précieuse blanche, qui sont passés par la forêt de Reines, sont arrivés de *nuit dedans Varennes*, et qui par leur voyage ont causé tempêtes, feu, sang, tranche ou tête tranchée. Ce verset n'exprime-t-il pas tous les malheurs qui suivirent l'élection de Louis comme Roi constitutionnel, élu cap, et sa fuite de Varennes (1) ? »

LOUIS XVI COIFFÉ DU BONNET ROUGE.—IL EST CONDUIT AUX TUILERIES.

Centurie 9, quatrain 34.

Le part solus mari sera mitré.
Retour conflict passera sur *le Thuille*.
Par cinq cent un trahi sera *titré*
Narbon et Saulce par quartauts avons l'huile.

---

(1) Nouvelles Considérations sur les Oracles, page 101.

« *Traduction.* Le mari seul sera chagrin de la coiffure qu'on lui imposera ; après un retour tumultueux il passera aux Tuileries ; il sera reconnu, et victime d'une multitude de traîtres, parmi lesquels Narbonne et l'épicier Saulce. »

Or, le bonnet rouge, espèce de mitre, fut placé, le 20 juin 1792, sur la tête de Louis XVI. Les Tuileries sont ainsi nommées parce qu'elles sont bâties sur un sol où l'on fabriquait jadis de la tuile. Tout le monde sait que le ministre de la guerre Narbonne, (son vrai nom était Narbon, il y ajouta les deux lettres finales), trahissait les intérêts de Louis XVI (1), et l'histoire constate que ce fut chez Saulce, marchand épicier, chandelier, et procureur de la commune, que Louis et sa famille passèrent la nuit à Varennes (2).

Nous demandons si cet étrange quatrain dont nous certifions l'exactitude, est précis ? Nostradamus désigne ici par leurs noms deux des auteurs de ce lugubre drame ; il fait plus, il rectifie l'histoire future aux dépens de la faiblesse vaniteuse d'un ministre qui altère son nom véritable, afin de se proclamer faussement le descendant de l'ancienne famille de Narbonne.

Comment le hasard, qui est l'absence de tout calcul, de toute combinaison, peut-il produire de si singulières coïncidences ?

---

(1) *Histoire de la Révolution*, par Bertrand de Molleville.

(2) Voir les journaux du temps, et surtout l'*Histoire de la Révolution*, par deux amis de la liberté, en 7 vol., où l'on trouve, tome 7, page 126, au sujet de l'arrivée de Louis XVI à Varennes, sur les onze heures du soir : « Le Roi prend ses enfans par la main et se rend avec sa famille chez M. Saulce. »

CONSÉQUENCES DE L'ARRESTATION A VARENNES.

Centurie 8, quatrain 87.

Mort conspirée viendra en plein effet,
Charge donnée et voyage de mort;
Eslu, *créé*, *reçu*, par siens défait,
Sang d'innocence devant soi par remort.

Traduction. — « Les embarras qui lui seront imposés comme un fardeau, et le funeste voyage qui lui avait été conseillé, amèneront le succès de la conspiration tramée contre ses jours; et après avoir été *élu* roi des Français, *créé* restaurateur de la liberté, et *reçu* avec enthousiasme, il sera défait par les siens, parce que l'horreur qu'il éprouve à la seule idée de faire couler le sang innocent aura paralysé sa défense. »

MORT DE LOUIS XVI ET DE LA REINE.

Dénégation de l'existence de leur fils. — Exécution de la Dubarry.

Centurie 9, quatrain 77.

Le règne, prins le Roi convicra,
La dame prinse à mort jurés à sort.
La vie à royne fils on desniera,
Et la pellix au fort de la consort.

Traduction. — « Le roi pris, le gouvernement le déclarera convaincu et le condamnera; des jurés prononceront la peine de mort contre la reine; quant au petit roi, on se contentera de nier qu'il existe, et la courtisane, au château-fort, éprouvera le même supplice que le roi et la reine.

M. de Bouys traduit le mot *règne* par l'assemblée régnante qui *convicra* ou dira avoir convaincu le roi Louis. Il fait aussi la remarque que l'on trouve dans les plus vieilles éditions des *Centuries* : *conviera* au lieu de *convicra*, mot qui viendrait alors du latin *conviare*, *comitari per viam*. Il ajoute que pellix est pour pellex, qui signifie en latin concubine. Or il est évident que Nostradamus veut parler ici de la Dubarry, l'ancienne maîtresse de Louis XV, qui habitait alors le château de Luciennes, vieux fort ou maison de force, et qui périt sur l'échafaud ainsi que le roi et la reine. »

DAUPHIN. — COMBUSTION DES RESTES DE LOUIS XVI.

Centurie 6, quatrain 92.

Prince sera de beauté tant vénuste,
Au chef menée, au second fait trahi.
La cité au glaive de poudre face aduste,
Par trop grand meurtre le chef du Roi haï.

Traduction. — « Comme *homme*, le prince sera d'une telle beauté qu'il tiendra le premier rang; comme prince, la trahison le poursuivra. Paris, la cité au glaive, couvrira d'une poussière brûlante la tête du roi, devenue pour elle un objet d'horreur, par le fait du meurtre dont il a été la victime. »

Ne voit-on pas dans ces vers le cadavre de Louis XVI dévoré par la chaux vive, et ce jeune enfant, la gloire et l'amour de son auguste famille?

PORTRAIT DE LOUIS XVI.

Centurie 10, quatrain 43.

Le trop bon temps, trop de bonté royale,
Faicts et défaicts; prom, subit, négligence;
Légier croira faux d'épouse loyale,
Luy mis à mort pour sa bénévolence.

Traduction. — « La prospérité du royaume, jointe à la trop grande bonté du monarque, ses irrésolutions, ses brusqueries spontanées, sa foi *momentanée* aux calomnies dirigées contre sa royale épouse, et sa débonnaireté, le conduiront à sa perte. »

Qui ignore qu'en 1789, grâce aux soins de Louis XVI, la France était parvenue au plus haut point de prospérité? Qui ne sait aussi que le manque de fermeté du monarque, et le changement de soixante-sept ministres, pendant un règne de dix-huit ans et demi, désorganisèrent les rouages de la machine politique, forcée d'obéir à des impulsions diverses et souvent opposées? Qui ne sait encore que cet excellent prince avait une vivacité de caractère qui allait quelquefois jusqu'à la brusquerie, ce qui faisait dire à Maurepas, que si le Roi avait son premier coup de boutoir, au moins il oubliait vite son emportement? Qui ne connaît enfin les premiers accès de sa colère contre Marie-Antoinette, cette Reine infortunée, si innocente de l'intrigue appelée l'*affaire du collier*, et dans laquelle on trafiqua si indignement de son nom?

EXCESSIVE BONTÉ DE LOUIS XVI.

Centurie 1re, quatrain 36.

Tard le monarque se viendra repentir
De n'avoir mis à mort son adversaire ;
Mais viendra bien à plus haut consentir
Que tout son sang par mort fera défaire.

Traduction. — « Le monarque se repentira trop tard de n'avoir pas livré au glaive des lois son ennemi, et il viendra à consentir à ce que toute la famille devienne un instrument de mort, comme sacrificateur ou victime. »

Si le comte de Provence, en effet, eût été dès l'affaire Favras, mis en jugement et puni, que de meurtres et que de malheurs ne seraient pas arrivés !...

PHILIPPE-ÉGALITÉ.

Centurie 6, quatrain 13.

Un dubieux ne viendra loin du règne,
La plus grande part le voudra soustenir.
Un capitole ne voudra point qu'il règne ;
Sa grande charge ne pourra maintenir.

Traduction. — « Un homme d'un caractère mobile, irrésolu, ne sera pas éloigné du gouvernement. Un parti puissant voudra le soutenir, mais une réunion de délibérans s'opposera à ce qu'il monte sur le trône, et il ne pourra pas même conserver son titre de chef de parti. »

Or, Philippe-Egalité a été chef de parti jusqu'au moment où les conventionnels, témoins de son ambition démesurée qui le poussait à tous les crimes, refusèrent de se rallier à lui, d'abord, à cause de son vote féroce pour la mort de Louis XVI, et à cause de la versatilité de son caractère.

MORT DE LA PRINCESSE DE LAMBALLE.

Centurie 11, sixain 55.

Un peu devant ou après, très grand' dame,
Son âme au ciel et son corps sous la lame,
De plusieurs gens regrettée sera.
Tous ses parens seront en grand' tristesse,
Pleurs et soupirs d'une dame en jeunesse
Et à deux grands le deuil délaissera.

La désignation du genre de mort, les regrets du duc de Penthièvre et de tous les Carignans, les pleurs de Madame Royale et le deuil que le roi et surtout Marie-Antoinette en portèrent dans le cœur, tous ces faits accomplis ne démontrent-ils pas jusqu'à la dernière évidence qu'il s'agit ici de la belle et malheureuse princesse de Lamballe?

NOYADES DE NANTES ET MARIAGES RÉPUBLICAINS.

Centurie 5, quatrain 33.

Des principaux de cité rebellée,
Qui tiendront fort pour liberté ravoir.
De trancher masses, infelice meslée,
Cris, hurlemens à Nantes piteux voir.

Traduction. — « Les principaux de la ville en pleine rébellion, sous le prétexte de la défense de la liberté, feront massacrer une multitude de personnes, et dans sa rage, confondant les âges et les sexes, au milieu des cris et des hurlemens, Nantes présentera le plus horrible spectacle. »

MARIAGE DE MADAME ROYALE AVEC LE DUC D'ANGOULÊME.

Centurie 11, quatrain 17.

La Royne *estrange* voyant sa fille blesme,
Par un regret dans l'estomac enclos,
Cris lamentables seront lors d'Angoulesme
Et aux Germains mariage forclos.

Pour comprendre ce quatrain, il faut se rappeler que le projet de la reine Marie-Antoinette était de donner la main de sa fille à un prince d'Allemagne, et qu'elle changea de résolution en voyant le profond chagrin que cette nouvelle causa à Madame Royale et au duc d'Angoulême qui s'aimaient depuis l'enfance, et dont l'union eut lieu plus tard du consentement du roi et de la reine.

NAPOLÉON.

Centurie 1, quatrains 60 et 61.

Un Empereur naîtra près d'Italie
Qui à l'empire sera veu du bien cher,
Dirons avec quels gens il se rallie,
Qu'on trouvera moins prince que boucher.

—

La république, misérable infélice,
Sera vastée du nouveau magistrat;
Leur grand amas de l'exil maléfice,
Fera Suève (1) raur leur grand contrat.

(1) Suède.

Traduction. — « Un empereur naîtra en Corse, près d'Italie: on l'aimera jusqu'à l'enthousiasme; il fera une alliance avec les républicains et il la cimentera par des cruautés. Le nouvel empereur viendra à bout de renverser le règne sanglant et désastreux de la république, mais la multitude de ses ennemis acharnés, revenus de l'exil pour le combattre, la trahison éclose dans le Nord, détruiront ses combinaisons et ses espérances. »

Peut-on ne pas reconnaître ici Napoléon, lorsqu'on est le moins du monde initié aux événemens de sa vie politique? N'est-il pas historique que l'empereur consolida son pacte avec les partisans de la république par l'assassinat juridique du duc d'Enghien? Ne ruina-t-il pas l'espoir des républicains à Toulon et au 18 brumaire? Ses ennemis politiques, aidés de Bernadotte qui abandonna ses intérêts, ne travaillèrent-ils pas à abattre sa puissance?

Centurie 8, quatrain 59.

De souldat simple parviendra à l'empire,
De robe courte parviendra à la longue,
Vaillant aux armes, en église au plus pire,
Vexer les prêtres comme l'eau fait l'éponge.

Traduction. — « Un simple officier deviendra empereur; il quittera l'uniforme étroit pour revêtir le large manteau impérial : intrépide dans les combats, il cherchera à exercer sur l'Eglise une espèce de dictatorat, et, dans ses intérêts, il visera à se rapprocher des prêtres, et il les attirera à lui pour absorber leur pouvoir dans le sien comme l'éponge fait l'eau. »

Comment ne pas se rappeler ici la réouverture de toutes les églises de France, qui fut, de la part de Bonaparte, moins le résultat de ses convictions religieuses, qu'un acte de politique adroit et profitable, et l'abbé Maury, le négociateur de son mariage, et le conseil qu'il fit assembler pour arrêter son divorce avec Joséphine ?

Centurie 8, quatrain 59.

Par deux fois hault, par deux fois mis à bas,
L'Orient aussi l'Occident faiblira.
Son adversaire, après plusieurs combats,
Par mer chassé au besoing faillira.

Ce quatrain ne renferme-t-il pas l'histoire de la double réintégration de Napoléon à l'empire, les jours glorieux de son règne, l'Ile-d'Elbe et Sainte-Hélène, le monde secoué dans ses fondemens par le géant moderne et ses luttes opiniâtres contre ses ennemis, et en particulier contre les Anglais ?

Centurie 8, quatrain 60.

Premier en Gaule, premier en Romanie,
Par mer et terre aux Anglais et Paris;
Merveilleux faicts par celle grand Mesnie,
Violant, terax, perdra le *Norlaris* (1).

Traduction. — « Ce prince sera le premier en France et le premier en Italie : ses armes seront victorieuses

---

(1) *Norlaris*, selon les meilleurs interprètes, est l'anagramme de Raison.

par terre et par mer; il tiendra les Anglais en échec. Son génie militaire livrera et gagnera de merveilleuses batailles, mais l'enivrement des conquêtes et l'excès de la prospérité finiront par lui troubler la raison. »

Centurie 4, quatrain 54.

Du nom qui oncques ne fut au Roi gaulois,
Jamais ne fut un foudre si craintif,
Tremblant l'Italie, l'Espagne et les Anglois,
De femme estrangiers grandement attentif.

Ainsi, Nostradamus déclare qu'un homme, foudre de guerre, apportera sur le trône de France un nom qui doit commencer et finir avec lui, qu'il effrayera, par sa soif de domination, l'Italie, l'Espagne et l'Angleterre, et qu'il emploiera tous ses soins à se ménager une alliance étrangère. Le prophète veut certainement parler ici de l'union de Napoléon avec l'archiduchesse d'Autriche, Marie-Louise.

Centurie 3, quatrain 49.

Règne gaulois, tu seras bien changé,
En lieu estrange est translaté l'empire.
. . . .
. . . .

Il s'agit ici du roc stérile de Sainte-Hélène, où les souverains de l'Europe exilèrent l'Empereur.

LES CENT-JOURS.

Centurie 10, quatrain 23.

Au peuple ingrat faites les remontrances,
Par lors l'armée se saisira d'Antibe :

Dans l'arc monech feront les doléances,
Et à Fréjus l'un l'autre prendra ribe.

Traduction. — « On doit blâmer la conduite des habitans d'Antibes qui laissèrent les soldats en garnison dans leur ville, s'en emparer au profit de Napoléon, tout en leur faisant d'hypocrites doléances sur la monarchie (monech) des Bourbons. Pendant ce temps, l'Empereur débarquera à Cannes, près de Fréjus (1), avec quelques troupes.

Chacun sait que la garnison cantonnée à Antibes, en Provence, ouvrit avec empressement les portes de la ville à l'exilé de l'Ile-d'Elbe, et trahit ainsi la cause de Louis XVIII, en paraissant dévouée aux intérêts de la monarchie.

LA RESTAURATION.

L'aigle poussée entour des pavillons,
Par d'autres oiseaux d'entour sera chassée :
Quand bruit de tymbres, tubes et sonnaillons
Rendront le sens de la dame insensée.

Traduction. «Les nombreux ennemis de l'aigle impériale l'effaceront sur les étendards; et quand retentira le bruit des trompettes et des clairons, la France, cette dame insensée, recouvrera l'usage de la raison, que la fièvre révolutionnaire lui avait enlevé.» Le troisième vers de ce quatrain se rapporte évidemment aux armées coalisées qui abattirent à Waterloo le vol de l'aigle impé-

---

(1) Bonaparte, à son retour d'Égypte, était précédemment débarqué à Fréjus.

riale. Les deux premiers vers contiennent une métaphore pleine de grâce et de poésie, que nous avons réduite dans la traduction à son sens naturel.

GUERRE CIVILE DE L'ESPAGNE.

Centurie 5, quatrain 40.

Le sang royal sera si très meslé,
Contraincts seront Gaulois de l'Hespérie :
On attendra que terme soit coulé,
Et que mémoire de la voix soit périe.

Traduction. — « La famille royale sera divisée et les Espagnols opprimés. Il faudra attendre quelques années jusqu'à ce que le souvenir du testament de Ferdinand disparaisse. »

En effet, la cause de la désastreuse guerre civile qui divise l'Espagne, provient de ce que Ferdinand VII a appelé au trône Christine, au préjudice de son frère don Carlos, et contrairement aux dispositions de la loi salique.

Centurie 5, quatrain 38.

Ce grand monarque qu'au mort succédera,
Donnera vie illicite et lubrique :
Par nonchalance à tous concédera,
Qu'à la parfin faudra la loi salique.

Traduction. — « Le roi Ferdinand VII succédera à son père Charles IV. Ce prince s'adonnera trop aux plaisirs et à la dissipation. Vers le déclin de sa vie, il abolira par faiblesse la loi salique. »

DON CARLOS.

Centurie 6, quatrain 88.

Un règne grand demourra désolé ;
Auprès de l'Hébro se feront assemblées.
Monts Pyrénées le rendront consolé,
Lorsque dans may seront terres tremblées.

Traduction. — « Un grand royaume se désolera. Auprès de l'Èbre des assemblées se formeront; mais lorsqu'au mois de mai les terres seront en pleine végétation, la paix et le bonheur descendront des monts Pyrénées et viendront lui faire oublier ses longues souffrances. »

Comme on le voit, cette prophétie de Nostradamus atteint l'avenir. — Attendons.

CHARLES X. — PRISE D'ALGER ET RÉVOLUTION DE 1830.

Sept ans sera *Philip* fortune prospère,
Rabaissera des *Barbares* l'effort :
Puis son midy perplex, rebours affaire,
Jeune oignion abysmera son fort.

Traduction. — « Pendant sept ans Philippe-Charles gouvernera la France avec prospérité : il vaincra les Arabes de l'Algérie; mais bientôt après des ennemis menaceront le trône agité de ce prince, et un roi de la branche cadette lui succédera. »

Charles X a régné sept ans, de 1824 à 1830.
Le pronom de Philippe n'a été donné qu'à Charles X

parmi les rois de la troisième race. *Jeune oignion* signifie, d'après tous les commentateurs, jeune rameau, rameau secondaire qui pousse sur le tronc principal.

RÉSULTATS DE LA RÉVOLUTION DE JUILLET.

Centurie 4, quatrain 16.

La cité franche de liberté fait serve,
Des profligés et resveurs fait asyle.
Le Roi changé à eux non si proterve,
De cent seront devenus plus de mille.

Traduction. — « La cité qui a proclamé la liberté est redevenue esclave. Elle abonde de vaincus qui protestent, et de rêveurs d'utopies révolutionnaires auxquels elle a donné asyle. Un changement de gouvernement leur a fait espérer un bonheur illusoire, et le nombre des mécontens augmente de jour en jour. »

Centurie 6, quatrain 8.

Ceux qui étaient en règne pour savoir,
Au royal change deviendront appouvris;
Uus exilés, sans appui, or n'avoir,
Lettrez et lettres ne seront à grands pris.

N'y a-t-il pas dans ce quatrain si explicite une vérité historique de la plus scrupuleuse exactitude? Le règne de Louis-Philippe n'a-t-il pas été orgueilleusement prôné comme celui de la résurrection de la science et des arts, et ne devons-nous pas, hélas! constater qu'à aucune autre époque les artistes et les savans n'ont été aussi honteusement délaissés, toutes les fois qu'ils n'ont pas voulu faire plier leur talent aux exigences d'une politique étroite et vraiment florentine? Sous le sceptre bourgeois du roi des Français, le métier de bottier ou de traiteur n'est-il pas plus lucratif et plus sûr que l'état de philosophe ou d'écrivain?

LÉOPOLD, ROI DES BELGES.

Centurie 6, quatrain 83.

Celui qu'aura tant d'honneurs et caresses,
A son entrée dans la Gaule Belgique,
Un temps après fera tant de rudesses,
Et sera contre à la fleur tant bellique.

Qu'on se rappelle l'installation du préfet de l'Angleterre sur le trône belge, et les tristes débats qui viennent d'avoir lieu avec la Hollande, au sujet du Limbourg et du Luxembourg.

LA COALITION PARLEMENTAIRE.

Centurie 3, quatrain 4.

De l'entreprise grande confusion,
Perte de gens, thrésor innumérable :
Tu n'y dois faire encore tension.
France, à mon dire fais que tu sois recordable.

Traduction. — « Extrême confusion dans le principe de juillet; un grand nombre d'amis du trône constitutionnel, qu'on avait ralliés pour le défendre à force de belles paroles et de flots d'or, se sont éloignés....... France, que ce spectacle ne t'émeuve pas trop, mais, à mon avis, tâche de profiter de cette grave leçon.

LOUIS-PHILIPPE, ROI DES FRANÇAIS.

Centurie 6, quatrain 83.

Le neuf empire en désolation,
Sera changé du pôle aquilonaire (1).
De la Sicile viendra l'émotion
Troubler l'emprise (2) à PHILIP tributaire.

RÈGNE DE LOUIS-PHILIPPE.

Centurie 2, quatrains 10 et 11.

Avant long-temps le tout sera rangé;
Nous espérons un siècle bien senestre :
L'état des masques et des seuls bien changé,
Peu trouveront qu'à son rang veuille estre.

Quoi de plus vrai et de plus énergiquement rendu? Le cynisme des apostasies et l'impudence des lâches et mesquines ambitions, ont-ils jamais été poussés plus loin?

Le prochain fils de l'ainier parviendra,
Tant eslevé jusqu'au règne des forts.
Son aspre gloire un chacun la craindra,
Mais ses enfans du règne jettés hors.

Nous attendons l'abolition des lois de septembre et la réforme de la censure pour donner sur ces trois derniers quatrains toutes les explications désirables.

Nous finirons ce premier travail par quelques fragmens curieux d'une lettre de Michel Nostradamus à

(1) Du Nord.
(2) L'entreprise.

Henri II, roi de France, fragmens explicatifs de ses prophéties, et qui sont en même temps une profession expresse de sa foi catholique.

«...... Mais à un très prudent, à un très sage prince, t'ay consacré mes nocturnes et prophétiques supputations, composées plustôt d'un naturel instinct, accompagné d'une fureur poétique que par reigle de poésie, et la pluspart composées et accordées à la calculation astronomique, correspondant aux ans, mois et sepmaines, des régions, contrées et de la pluspart des villes et cités de toute l'Europe, comprenant de l'Affrique et une partie de l'Asie par le changement des régions qui s'approchent la pluspart de tous ces climats, et composé d'une naturelle faction : respondra quelqu'un qui auroit bien besoing de soy moucher, la rithme estre autant facile, comme l'intelligence du sens est diffice. Et pource, ô très humanissime Roy, la pluspart des quatrains prophétiques sont tellement scabreux, que l'on n'y sauroit donner voye ny moins aucuns interprêter, toutes fois espérant de laisser par escrit les ans, villes, citez, régions où la pluspart adviendra mesmes de l'année 1585 et de l'année 1606, accommençant depuis le temps présent, qui est le quatorzième de mars 1557, et passant outre bien loing jusqu'à l'advénement qui sera après au commencement du septième millenaire profondément supputé, tant que mon calcul astronomique et autre sçavoir s'a peu estendre, où les adversaires de Jésus-Christ et de son église, commenceront plus fort de pulluler, le tout a été composé et calculé en jours et heures d'élection et bien disposées, et le plus justement qu'il m'a été possible. Et le tout

Minervâ liberâ et non injuriâ, supputant presque autant des adventures du temps advenir, comme des aages passés, comprenant de présent, et de ce que par le cours du temps, par toutes régions que l'on cognoistra advenir, tout ainsi nommément comme il est escrit, n'y mettant rien de superflu, combien que l'on die : *Quod de futuris non est determinata omninò veritas.* Il est bien vray, Sire, que pour mon naturel instinct avec une longue supputation uny, et vuidant l'âme, l'esprit et le courage de toute cure, solicitude et fascherie par repos et tranquilité de l'esprit. Le tout accordé et présagé l'une partie *tripode æneo*, combien qu'ils sont plusieurs qui m'attribuent ce qu'est autant à moy, comme de ce que n'en est rien; Dieu seul éternel, qui est prescrutateur des humains courages, pie, juste et miséricordieux, en est le vray juge, auquel je prie qu'il me veuille deffendre de la calomnie des meschants. . . . . Plaira à vostre plus qu'impériale majesté me pardonner, protestant devant Dieu et ses saincts, que je ne prétens de mettre rien quelconque par escrit en la présente épistre qui soit contre la vraye foy catholique, conférant les calculations astronomiques, jouxte mon savoir.....

FIN.

www.ingramcontent.com/pod-product-compliance
Ingram Content Group UK Ltd.
Pitfield, Milton Keynes, MK11 3LW, UK
UKHW012303240726
13966UKWH00004B/1597